현대시세계 시인선 103

혼수를 뜬다

서양숙 시집

혼수를 뜯다

서양숙 시집

도서출판 북인

시인의 말

유채꽃 가지에 날아온 벌
꽃가지가 흔들린다.
유채꽃은
바람에 흔들리는 것이 아니다.
벌이 와 흔드는 것이다.

나는 어떠한 바람에도 자주 흔들렸다.
흔들리고 있다.

5년 전, 겁도 없이 뛰어든 사업으로
오감의 고랑은 말랐으니
7년 만에 묶는 시가 참으로 헐렁하다.
내 밥벌이인 미셀라니 핑계를 대본다.

2019년 8월

차례

2부

3부

4부

1부

안부

여기는 단풍잎이 아직
물들지 않았습니다
당신 집 베란다의 꽃은
지고 있는지요

한 번의 이별에
수백 번의
가을이 오고 갑니다

굳이 새의 이름을 써야 한다면

새 소리에 잠이 깼다
정확하게 두 번씩의 반복

새가 운다거나
새가 지저귄다
쓰지 않겠다

창문을 닫지 않아
들리는 기계 소리다

그대여
가슴은 가졌는가
목은 적셔야 하지 않겠는가

굳이 새의 이름을
써야 한다면
당신

건조한 당신

혼수를 뜯다

외출했다 일찍 들어온 날,
당신은 뜯어보았던 내 이불 홑청을
다시 꿰매고 있었지요
혼수 이불 속
솜을 확인하고 있었지요

목화가 라일락이 되었을까 봐요?
목화가 목련이 되었을까 봐요?
목화입니다 목화솜입니다 아니,
내 엄마가 밤새 바스러 넣은 하얀 찔레꽃입니다
핏빛 숨긴 찔레꽃입니다

핑계

주사를 잘못 놓아서 피가 나왔다
의사가 붙여놓은 반창고를
이틀이 지나도 떼지를 못한다

피가 솟구칠 것만 같은
내 상처에 대한 연민

너를 다시 마주치면 웃을 것인지
울고 말 것인지 알 수가 없어
너의 사진조차 쳐다볼 수가 없어
사진을 버렸다

꽃에게 묻다

나는 보았다
목이 꺾여 있는 수국을
아스팔트에 낯을
문지르고 있는 수국을

사라지는 꽃의 빛은 어떤 빛인가
꽃의 목은 어디인가
꽃의 수명은 어디에서 멈추는가
기억의 수명은 몇 년인가

꽃의 생명은 뿌리가 아니라 줄기
내가 살아내고 있는 것은 선천성도 아닌
유전도 아닌 줄기의 힘,

아무것에나 어느 때나 나오는
기가 막힌 적응력

꽃모가지 같은 내 시간에게 묻는다
기억마다 목숨 걸 만한 상처가 있었느냐고,

냉전

비가 옵니다
우산은 들고 나갔는지요

피고 있는 목련에도 우산을 주세요
떨어질 꽃잎도
잠시 접고 있어야 할 때입니다

그대와 나
잠시 침묵이 필요할 때이지요

슬픔에 대한 예우

그렇게 울고 싶지 않은가
아이섀도는 눈썹까지 퍼져 있고
아이라인은 점선이 되고
마스카라 번져 검은 얼룩으로
그리 울고 싶지 않은가
기대어 울 사람은 있어도
그리하지 못하는 비밀의 슬픔이 있지 않은가
나는 긴 속눈썹도 마스카라도 없어
고작 우는 건 안경 반쯤 올리고
손가락 넣어 쿡쿡 찍어대는 울음뿐이지
생은 어차피 모방
드라마에서 본 것처럼
슬픔도 흉내내며
그대로 울어보는 거지 뭐
슬픔에게 어떻게 울어줘야 하는지
슬픔을 어떻게 대우해줘야 하는지
고민을 해보며 마스카라도
눈물 젖을 긴 속눈썹도 없으나
누구도 가르쳐주지 않은 첫날밤 행사처럼

찾아왔으니 예우를 해주는 거지

환희를 벗기다

출판기념회를 마치고 와
컴컴한 주방에서 꽃다발을 푼다
몇 겹의 포장지를 걷어낸다
포장지마다 매어놓은 철사의 매듭을 푼다

어디 축하의 마음만 있겠느냐
배배 꼬여 달아놓은 리본을 푼다
감아놓은 반대방향으로 푼다
포장지를 벗기자
노랗게 변한 전지 한 줄기

화병에 키를 맞추어 정성스럽게 꽂는다
시들어가는 꽃다발을 보기 위해

방생을 머뭇거리다

뚝섬지구 강 위에 떠 있는 방생도량으로
검은 옷의 할머니 걸어내려가고 있다
검고 둥근 몸이 서툰 걸음으로 걷고 있다

저 몸속에 무엇이 들어 있을까
늘어진 배낭 속 무엇이 살아 있을까

이별도 때가 있지
너를 생각만 해도 콧등이 시큰거려
내 눈, 너의 눈이 꿈틀, 충혈이 된다
아직도 너는 내 속에 살아 있어
방생도량으로 기어라도 가고 싶다
둥글게 둥글게 빨리 내려가
너를 떠나보내고 싶다
더 살아나기 전에
힘이 넘쳐 거꾸로 헤엄쳐 내게 오기 전에

너는 나를 떠나 어디로 갈 것인가
떠 있는 어느 부초에 부딪히지는 않을까
끝내 죽지 않는 목숨 없다는 것 알면서
너를 보낸다

저장

옆집 새장에서 새 소리가 들린다
무슨 새냐고 물어보지 못하였다
새 소리 들을 때마다
새가 먼저 떠오를까봐

샤워를 막 끝내고 휘파람을 불던 당신,
그게 무슨 노래냐 묻지를 못하였다
그 노래 들을 때마다
당신의 휘파람 소리가 생각날까봐,

연애들아

아래층 주차장에서 아이들 떠드는 소리
낮잠을 방해한다
창문을 열고 소리를 지를까 하다
다시 눕는다
저렇게 장난을 치며 웃다 언젠가는
한 아이가 울면서 조용해지리니

연애들아 그대들
마주 보고 웃으며 비밀의 수다와
진지한 농담으로 떠들고 있지만
골목 아이들처럼 장난치며 노는 것

전혀 예상하지 못할 때
어느 한 사람의 울음으로 끝나리니
곧 한 사람이 울면서 조용해지리니
결국 장난이며 놀이인 것
울음의 속내 외엔 진심은 없지

아,
끝내 내 목숨의 사랑도
장난이다 털어놓고 마는,

싹을 다시 키우다

이대로 있다가 이별에 들어갈 것인가
기억을 끄집어내어 다시 시작할 것인가

고구마에 싹이 나 물에 담가두었다
파란 잎과 붉은 잎이 나기 시작한다
고구마는 잎을 기억하고 있는 것이다
잎은 뿌리를 기억하고 있는 것이다
굳이 땅 속이 아니라도 서로
기억하고 있는 것이다

잎이 뿌리를 기억하고 잎을 내듯
뿌리를 썩어가며 잎을 키우듯
잎의 무게에 고구마 빨리 썩어가도
우리 그냥 썩어가자

우리 처음 태어난 것이 아닌지도 몰라
우리 예전에 형제였거나 부부였거나

사라진 입술

여행을 갔다 돌아온 토요일 오후,
그때부터 일요일 오후까지 단 한마디의 말도
못해보았다. 전화 한 통도 오지 않았다
다만 카카오톡에 몇 마디만 해보았다

이제 사람의 입은 손가락 끝에 달려 있어

25시간 만에 입술을 열었다
동광사우나 카운터에 만 원짜리 내밀며
"목욕이요"

초코슈

초코슈 사놓은 지 나흘이 지났다

사람을 기다리나
사랑을 그리워하나
사람을 사랑하나
사랑을 상상하고 있나

사랑이 끝났다고
사람은 사라지는 것이 아니지

지금,
다시 사랑을 그리워한다
속,
없,
이
폐허의 가슴에 초코슈 함께 먹으려고

섬

늑막이 아파 엑스레이를 찍었다
실금은 보이지 않고 폐에 하얀 두 점이 보인다
결핵을 앓았던 흔적이 두 섬이 되어 있구나

섬과 섬
깊이 박힌 당신의 흔적
또렷이 생각나는 기억의 섬들
건널 수 없듯 하나가 될 수 없어

한 섬이 하나의 섬에게 말을 건다
하나의 섬이 섬을 밀어내고 있다
몇 날의 적막함이
섬 사이에 간격을 더한다

나는 떠밀려온 섬

정리

한손에 베어먹던 사과를 들고
한손으로 책장을 닦아내다 발견한

다른 책에 가려서 보이지 않았던
책 한 권

한때는 전부였을지언정
이제는 한 장의 헌 책갈피

그리움이라 했던 이여
낡은 책장의
한 편의 소식이여

2부

오류의 겨울

거짓 없는 햇살이
거짓말 같은 바람을 뚫으며
입추立秋가 뒹굴고 있다

상처를 준 말들이 혀를 지나
거짓말처럼 위로를 하고 있다

나에게는 용서의 힘보다
표면적 화해만이 있다

단지 나를 사랑하고 있다는 것에
감동이 되곤 한다

아, 이 광기의 인연 어찌하나

빈방

하필이면
흰 벽과 흰 천정의 방에서
떠나간 아버지 어머니,
어느 날 사라져버린 형제,

빈방에 내 무릎을 안고
흔하디흔한 말
쓸쓸하다! 뱉어보네

방을 떠난 이웃집 남자 같은
남편의 표정을 떠올리네
내가 만든 흰 벽에 돌아누워
신혼여행 길의 아들과의 영상전화

그저 영화의 한 장면이네

스토커에게

너는 희망도 절망도 모르는 채
진정한 그리움이 무엇인지도
모르는 채 죽어가고 있다
나를 닦을 수만 있다면
너의 해마를 씻어 헹굴 수만 있다면

유령의 사내야
교수를 당하고도
목을 단 채
내 무덤을 찾고 있구나
길이 아닌 길을 갈 때
얼마나 힘이 빠지는가

나는 폐와 갈빗대와 복숭아뼈가 가늘어지며
분노의 체중은 올라가고 있다

이리 와, 서로 인공호흡이라도 하자
누가 더 잘 죽어가는지
누가 더 잘 이겨내고 있는지 알아보자

역할 교환

내가 엄마라고 부르면 안 될까?
엄마라고 불러보면 안 될까?
깡통에 들어 있는 통조림으로 아니, 사탕으로
아니, 크랙커, 빵, 껌 아니, 유통기한이 없는
내 엄마로 들어가 있으면 안 될까?
내 엄마가 나를 안고 있는 것처럼 해주면 안 될까?
편지를 쓰는데 내 뒤에 와서
스페이스 바 툭툭 치는 애인아,
이제 내가 엄마라고 불러도 징그럽지 않겠어?
개폐식 뚜껑이 있는 플라스틱 휴지통 같은 애인아,
내 엄마랑 바꾸면 안 될까?

버스정류장에 앉아 있다

기다리는 버스도 갈 곳도
버스에서 내릴 사람도 없는데 나는,
버스정류장에 앉아 있다

비닐봉지 안에 입을 넣고
옥수수를 갉아먹고 있는 여인의
옆에 앉아 있다
너를 떠올리며 많은 세월을
갉아먹었는데

계속 통화 중인 청년 옆에 앉아 있다
너는 못 들었겠지만
나는 많은 얘기를 했었는데

이제 와도 된다

올 수 있는데
오지 못하는 너를 기다린다

못 오는 이유도 알기에
오늘도 버스정류장에 앉아 있다

감각

1.
앞서 가는 남자 양말목에
바지가 끼여 있다
느끼지 못하는 발걸음

나도 어느 시선에 끼여 있거나
어느 마음 사이에 끼여 있거나
시간에 끼여 느끼지 못하거나

2.
지하철에서 장우산을 짚고 서 간다
손으로 들리는
선로와 열차의 미세한 떨림

나도 그 누구의 심장에 기대어
그를 떨리게 하고 있거나
설레게 하고 있거나

나를 훔쳐보다

나처럼 살고 있는 누구에게 내 어깨를 내어주고 싶다가
돌아서서 멸시를 하고 싶은 이 거만함이여
매일 술잔을 닦으며 사는 것
나에게는 당연한 것이라 말하는 나의 겸손함이여

꽃들이 고개를 숙이고 있는 것은 꽃의 무게 때문이 아닌
뿌리를 향한 경배, 혹은 줄기에 대한 경외를 가장한 저항이지
어찌되었든 난 가족을 원망하지 않는 나쁘지 않은 인간성이지

어쩔 수 없는 생의 불협화음은 아이스커피 잔을 흔들면
얼음 달그락, 하는 소리 같은 것이라 여기는 것이지

삶과 다투지 말아야 할 것은 그 얼음 소리에 불과하므로
싱거워지면서 더 달큰한 맛이 나오는 아이스커피 같으므로

미역국

이렇게 늙어버린 나를
낳으신 어머니
서서히 자식이 되어가는
오늘이 제 생일입니다

고기 대신 무채 썰어 넣은
멀건 미역국을 끓여주시던 어머니
오늘은
어머니보다 더 맛있게 끓이겠습니다

구멍에 대한 변명

요즘 유행하는 구멍난 떡볶이를 먹는데
바람난 떡볶이로 읽히더라
그래, 바람도 유행이지
구멍도 유행인 시절이지
바람이 있으니 구멍이 있고
구멍으로 바람이 드나들고 지나다니지
점점 커지는 구멍들
안쪽 살들이 커지는 소리가 있지
구멍들끼리 서로의 구멍 크기에 대하여
비밀의 얘기를 나누곤 하지
구멍 없는 떡볶이 떡을 씹는 것보다
구멍난 떡볶이를 씹는 맛은 달라도 한참 다르다며
서로의 구멍을 닫아주기도 하지
유행에 민감하여 바람에 일고
구멍이 생긴 삶들이 어디 한둘인가
그 구멍 사이로 들이닥친 바람을 막고 다시
들어서고 바람으로 구멍이 막히고
바람이 다시 구멍을 열고 그러는 거지
그러다 결국은 구멍이 동그랗지 않다는 것을 알고
바람이 빠져나가지 구멍끼리의 연결이 사라지지
구멍에 대한 기억도 사라지지

벌의 입

1

생강나무 꽃 위
벌 한 마리
수술 많은 꽃 위에서
큰 입이 되었다
어디에 입을 대어야
배가 부를까
어디에 나를 기대어야
넘어지지 않을까
세상의 통로는 작아져
나는 할 수 없이 비대해졌다

2

비는 내리고
어제의 생강나무 꽃은
보이지 않는다
꽃 위에
꽁지 올리던
벌도 사라졌다

밤비 속에서 생강 냄새가 난다
벌의 입에서 꽁지까지 밴
생강 냄새,

내 욕구는 기억력도 좋지

간격

나는 내 몸 끝
손등의 혈관을 자주 들여다본다
내 몸 언저리에서 맴돌고 있는
도드라진 파란 혈관을 눈여겨본다

중심은 쏠려 있고
확대되어 있으므로
결국 나를 빼먹기 때문에

늘 내 언저리를 돌고 있는
너를 자주 들여다본다

지금도 나는 너를 보고 있다
중심에 오지 않기를 바라면서

달의 비밀

달 보러 골목에 나갔습니다
환한 달에 소원을 말하고 싶은데

처음 나란히 걸었던 가을밤
달빛 받은 당신의 흰 이마와
녹두 빛 머리칼과 무심히
따르던 달빛이 새삼 떠올라

말은 잃고 기억을 얻고
들어왔습니다
모든 것은 그대로입니다

붕대

전화로 한참을 속삭이던
청년이 무릎 위에
전화기를 내려놓는 순간
화면에 보이는 [내 사람]
그리고 옆에 핑크하트,
그래 내 사람 니 사람이다

나도 한때 한 남자의 휴대폰에
내거였다. 내거,

혼자 감고 나온 깁스붕대가
헐겁다
풀릴 것 같다

방문객

내가 내 집에 들어와 윗옷을 벗지 않고
한동안 앉아 있는데 누가 다가와
— 옷 벗고 편히 앉아
말을 기다리며
말라가고 있는 화분을 바라보며
물을 주지 않는 이유를 물어보며
드라마가 켜진 티브이를
연속으로 생소하게 바라보며
— 주인공 아버지 저 배우 이름이 뭐야?
말을 듣고 싶어하며
어디에 누울 것인가 옷은 벗어 어디에
놓을 것인가를 살펴보는 거지
소음 큰 냉장고 안이 궁금하기도 하고
— 뚜껑 열지도 않은 새 김치 있는데 먹어볼 거야?
묻기를 기다리며

문득 바라보는 거울에게 묻지
— 언제까지 남의 집으로 생각할 거야?

경계

새 날개 끝에
허공의 경계가 있다
날개 속 발가락에
대지의 경계가 있다

나에게 끝이고
시작이었던
시작이고 끝이었던
내 일생이
그의 속에 있다

새털에 묻어 있는 구름이
긴 글을 남기고 있다

굳이 오려하지 말라고
나 가려하지도 않겠다고

허기

에로 영화는 중반으로 들어가고

냉동실에 있는 찰떡을 꺼내
전자레인지에 돌린다
몇 달 얼어 있던 떡이기에 120초

주연배우들 옷을 더 벗는다

60초도 안 되어 전자레인지에서
이상한 소리가 난다
돌덩이처럼 얼었던 떡을
60초 만에 랩까지 녹여버린다

주연배우들은 삼각관계로
질투의 몸을 사르는데
60초도 지루하게 바라보는 에로신

꽁꽁 얼었던 떡에 엉겨붙은
랩을 포크로 벗겨 먹는다

영화는 줄곧 베드신이다

3부

장마

제습기 옆 작은 화분
벤자민 잎들의 주름아,
빨려나간 물기에
시들지 않으려는 잎맥의 저항들아,
습한 너에게 나의 습한 구석까지
다 소모해버렸다

건조와의 간격이 주는
푸르디푸른 내 심장에
주름이 이는 날들아
순간의 우울함이
수분을 빼버리는 날들아
주름의 표정들아

늘 이별을 말하는 네 입 속의
숨은 욕구들아
죽고 싶다 말하지만
사실은 살고 싶은 숨은 욕망들아

맹신

우리의 사랑은 상상력을 가진 호기심이었다
훌륭한 담을 가진 거대한 성이었다
기록이 없는 교리였다
너는 짧게 설교하였지만
긴 시간을 들을 수 있었다
네가 떠난 성은 이기적인 신앙을 메우느라
질식하는 딱 한 명의 시민이 여전히 있다
성을 지키기에는 한 민족을 넘나드는 강대함이 있다
나의 광란과 광포의 기도가 끝나자
새로운 교리가 생겼다
그리움이라는,

꽃이, 순간

철쭉꽃 벌겋게 핀 길가
두 남녀 서 있네
긴 머리의 여자
꽃잎이 꽃가지에 기대듯
남자의 용 문신 팔에 기대어

남자가 물고 있는 담배에
라이터를 켜자
여자의 얼굴에
남자의 얼굴에
철쭉꽃 환하게
확, 당겨진다

순간, 철쭉이 진다
벌겋게 진다
그들도 지고 있다

아버지

몸이 아픈 날은 꼭 당신의 꿈을 꾸지요
쇠사슬에 묶여 감금되어 있는 꿈을 꾸곤 하지요
당신의 감금은 돈과 명예에서 자유롭지 못한 것

이런 꿈을 꾸는 날은
종일 술을 마시고 술에 취해
이름을 잊은 이름을 불러요

아버지

나도 내 이름을 거부하고 싶을 때가 있어요
아버지도 아버지를 거부하고 싶었겠지요
나도 더 이상 서양숙이 아닌
가난한 한 남자의 딸이듯

이제는 역할이, 이름이 필요 없는 아버지

먼
창
먼 불빛

당신이 있으면 더 무서울 것 같은 빈집
그리움이 아닌

중심

막내딸이 엄마 머리를 말고 서 있다
베개자국으로 눌린 머리카락에
파마 약을 바르고 있다

자꾸만 한쪽으로 기우는 엄마
무릎에 놓인 소쿠리에서
종이, 롤, 고무줄
순서대로 집어주신다

집중할수록 몸이 크게 기운다
두 발에 힘을 주는 엄마
힘이 중심으로 가지 못한다

정신은 맑아서
중심이 아픈 막내딸에게 기대고 만다

엄마의 중심은
뇌경색이 문제가 아니다
의자가 좁아서다

이제 엄마의 중심은

천정 벽지의 꽃송이 안에 있다

정지

튀어나온 보도블록에 걸려
넘어진 적이 있다

붙잡을 것이 보였으나
안경이 깨지고 손바닥이 까졌다

양손을 주머니에 넣었기에,
내 걸음이 너무 빨랐기에,

내 몸을 어찌할 바를 모를 때
정지할 수 없을 때는
이미 기울임이지
도무지 세울 수가 없지

오늘도 나는
갈 수 없는 길을 바라본다
가면 반드시 넘어질 바닥을 바라본다

집들이에 온다며 그가 묻는다
필요한 것이 뭐야? 뭐 사줄까?

미니 점화기 가스라이터를 사줘,
그가 다시 묻는다
불 붙어야 할 곳이 많이 생겼나보지

응, 그러네
도무지 정지할 수가 없네

문신을 지우다

두 팔에 문신 가득한 청년이
병원 앞 차도에 앉아 있다
시작과 끝이 없는 문신의 선들,
실타래 같은 용 문신

문신을 지워가야 선이 보일 것 같다

지나가는 아가씨의 짧은 치마를 보며
고개를 갸웃거리는 문신의 청년

알 수 있는 것이 어디 있겠는가

너를 지우기 시작하면서
너에 대하여 알 수 있었다
너를 지우기 시작할 때야
너를 볼 수 있었다

외기러기

위태롭게 서 있다고 생각했기에
날기를 기다렸다

나는 긴 편지를 보냈지만
너는 짧게 읽었으며
너의 글은 매번 짧았지만
나는 긴 시간 몇 번을 길게 읽었다

우리 한때 즐거웠어, 편지를 보내자
너는 왜 옛 감정에서 못 벗어나느냐 답을 했다

사실 불안의 날들이었다
멀리 날아오르는 외기러기

너를 잊기에 적절한 답이었다

라일락 핑계

좁은 골목의 저녁시간
환한 커피집에 두 남녀 마주 앉아 있네

여자는 커피잔을 만지작거리고
남자는 길지도 않은 머리카락
자꾸 쓸어넘기고 있네

꽃도 필 때는 어색하고 쑥스러운가봐
라일락 꽃잎을 열고 있네

라일락 가지엔 성냥개비 수만 개,
마주 보는 두 시선에도 꽃 이파리 화르르

라일락 꽃 서서히 피고 있어
그러다 어느 순간 빈 가지

라일락 피어 있어 골목이 환해 있는 거지
라일락 질 때 커피집 저
자리에 누가 앉아 있을까,

첫

바람과 잎사귀
끝없는 마찰로 앙상해진
나무 곁을 지난다

외롭다 말하지 말자
원하든 원하지 않든
마른 가지에
새 잎이 돋을 수 있으니

봄이 늘 새 봄으로 생성하듯
사랑도 언제나 첫이 붙는 뻔뻔함

마른 가지의 나무 아래를 지나며 확신한다
이런 시절 또한 잠시라고

건담 조립하기

너는 내가 아침 설거지를 할 때 건담의 팔을 붙이고
청소를 할 때에는 건담의 다리를 붙이고
잠깐 PC를 켜고 일을 하고 났을 때까지도
건담을 조립하고 있었다
된장찌개를 끓이고 고등어자반을 놓고 마주 앉았다
오랜만에 엄마랑 밥을 먹는다고 했다
점심 설거지를 하고 뒤를 돌아보자
다시 건담을 조립하기 시작했다
운동 갔다 두 시간 만에 돌아오자
건담의 다리와 팔이 움직이는 것을 보이며
신기하지 않느냐고, 이리도 잘 움직인다고 했다
그래 사랑도 이렇게 움직이는 것이라 말을 해주었다
작은 핀셋으로 많은 스티커를 들고
건담 여기저기에 붙이고 있다
완성한 건담을 유리창에 조심히 놓는다

아들아, 실연이라는 것은 없다
사랑에 대한 결과이며 완성이다
어제 택배로 도착한 건담이 두 개나 있다
다시 만들어라 다시 사랑해라

애니팡 찬사

나는 어찌해야 할지를 모를 때
모바일 게임을 한다

잠 못 드는 밤에
밤을 어찌해야 할지 몰라
시간을, 나를 하트를 소모하며
게임을 한다

사랑을 게임을 하듯
게임을 사랑을 하듯
해야 하는 것인지
사랑의 수위가 무엇인가 생각을 하며
그래도 순위는 올려놔야 할 것 같기에
손끝으로 퍼즐을 맞추는 순간에도
별 의욕도 없으면서

어찌해야 할지를 모를 때

짐

아가씨 작은 귀에
소라 같은 귀에
안경이
귀걸이가
이어폰이 걸려 있다

내 심장에
너에 대한 즐거움
아픔, 미래에 대한 두려움

무거운 줄 모르는 작은 귀
내 심장에 걸터앉은 너,

밥

1.
퇴근길의 지하철
부채와 휴대폰을 쥐고
잠이 든 아가씨

헤,

벌린 입술 사이로
밥 반술
떠먹이고 싶다

2.
엄마의 임종조차도
지루해
신라병원 후문에 있는
회전초밥집에서
다섯 접시를 비우고 왔다

사라지는 이름

나는 저것이 나무이고 산이고 논이길 한번도 바란 적이 없다
차창 밖에 지나는 저것들에게 이름을 붙여준 적도 없다

나에게 저들의 이름을 언제 알려주었던가
누가 나에게 가르쳐주었던가
내 눈이 나무로 보며 산으로 보고 논으로 보는 것뿐이다

나의 의식은 어디서부터 시작되었나
어둠이 서서히 오고 있다 나는 눈을 뜨고 있어도
나무를, 산을, 논을 보지 않을 것이다
이제는 저것들의 이름을 부르지 않을 것이다

네가 나에게 너는 나라고 해달라고 한 적이 있었던가
내가 너에게 나는 너라고 불러주기를 바란 적이 있었던가
언제부터 사랑이라고 명명하기 시작했던가

너는 나라고 부를 때 사랑은 이미 떠날 준비를 하는 것
어두워지는 차창으로 내가 나를 바라본다
내게도 어둠이 올 것이다
너를 너로만 보는 날이 올 것이다

밤이 계속 되어가고 있다
나는 어두움을 세고 있다
상실에 반항하다 내내 잠잠해질 것을 소망한다
밤차의 속도가 빨라지고 있다
나는 눈을 뜨고 있어도
나무를, 산을, 논을 보지 않을 것이다

이제 누구의 이름도 부르지 않을 것이다

끈끈이

동소문동5가 은행장 집 뒤채에 혜선이네가 살았지 오십에 낳은 넷째를 늘 업고 있던 혜선 엄마, 가끔 집에 오는 말쑥한 양복차림 남편을 먼 친척 보듯 하지만 그날은 부엌 아궁이까지 드나들던 쥐들도 보이지 않았지 쥐들은 먹을 것 없는 뒤채를 떠나 안채까지 드나들었지 은행장 사모님, 안채 뒤채 여기저기 끈끈이를 놓았지 하루가 지나자 화장실 뒤, 장독대 구석, 연탄창고, 지하실 문틈, 마당 한가운데까지 쥐 붙어 있는 끈끈이들이 있었지 몸 한쪽만 붙어 죽은 쥐, 다리만 붙어 성질에 못 이겨 죽은 쥐, 내의도 기워 입는 은행장 사모님, 혜선 엄마를 불러 쥐 뜯어내면 몇 번을 더 써도 된다며 끈끈이 있는 곳을 알려주었지 석 달째 월세 밀려 있는 혜선 엄마, 얼굴을 돌리고 앉아 쥐들을 뜯어냈지 등에 업힌 늦둥이의 맨발은 시멘트바닥에 닿아 파랗게 얼어가고,

4부

응시

세상에 비겁하지 않는 것이 어디 있을까
눈앞에서 소중한 것을 버릴 수 있는 이
몇이나 있을까

강남역 지하도에 갓 난 고양이와
강아지를 들고 나온 늙은 여인

지나가는 눈길이 바라보는 것은
고양이의 눈도 강아지의 몸도 아닌
여자의 마르고 긴 손가락의 떨림

붉은 담쟁이

키를 키우며 커가는 것만 있는 것이 아니라고
힘을 주어도 서지 못하는 것이 있다고
저를 뉘이며 닿는 곳마다 흡착을 하고 있다
줄기 촉이 가는 대로 벽을 넘어가고 있다

운명을 따라 사는 것이 아니라며
성향을 따라 운명이 지어지는 것이라며
낯가림도 없이 제 몸을 가져다대고 있다

아무리 갖다대어도 닿는 곳엔 흔적도 남지 않아
모두를 빨아드리지
다시는 옮겨가지 않을 것처럼
욕망의 피가 더 번지도록

너에게로의 이주移住 역시 예정에 있던 것이라며
나 서둘러 너에게 가고 있다

난곡동의 기원

이렇게 잠들었다 눈을 떴을 때 천 년이 흘러 있으면 좋겠네
옥상의 포도나무 잎은 지붕을 덮어 소슬한 여름이겠고
전신주는 철길이 되어 있겠네
양복바지에 헌 운동화를 신은 아저씨도
폐지 끌고 가는 할머니도 철길 따라 넓게 넓게 걷고 있겠네
마루 끝 5킬로의 쌀봉투는 천 톤이 되어 있겠고
방충망 너머 하루살이는 삼대가 살 수 있는 집을 짓겠네
천 년이 된 구름은 천 년의 비를 쏟아내고
천 년이 된 마루는 역청의 노아 방주 되어 있겠지
천 년의 하늘, 천 년의 주름, 천 년의 바다가 물결을 이루면
나는 천 년에 가려져 아무도 나를 찾을 수 없을 거네
천 년을 잊고도 천 년 동안을 기억 못할 거네
나도 천 년이 흘러야 가난을 잊을 수 있을 것 같네

겨울나그네
— 김충순 화가에게

그는 나에게 아픈 얘기를 꺼내고 싶을 때 너무 오래 걸었다* 한다
아프다는 말을 자주해야 했으므로, 슬프다는 말도 했어야 했으므로
그는 언젠가부터 아픔과 슬픔을 함께 말하고 싶을 때 춥다! 라고 했다
이 겨울에 춥다! 라는 말은 자신을, 우리를 안심시키기에 훌륭한 말이었다

추워서 일찍 깼다 하면서 밤의 추위를 말할 때 그의 허망한 추위와
너무 오래 걸어서 생긴 가래톳의 아픔을 가늠했다
그가 오늘도 춥다! 한다 너무 추워서 겨울나그네를 듣고 있다고 한다
가장 추운 날 떠난 아들, 준영이를 그리며 겨울나그네를 듣고 있다
누가 자식을 겨울이라 말하며 그 추위를 나그네라 말할 수 있을까
추운 그가 겨울나그네의 아버지와 이세용** 형님의 겨울나그네를 함께 듣고 있다

추위가 걷고 있다 추워서 걷고 있다 우리의 거리는 춥고 짧다

그래, 우리는 너무 오래 걸었다

* 시집 제목.

** 병마와 싸우고 있는 도예가.

확인

몇 해 전, 어느 빈병에 담아놓은 묵은 간장을 찾지를 못하였다
서울 상경을 한 오 시인, 냉장고 안 주스 병을 꺼내 벌컥마신다
오 시인, 주스를 뱉으며
"맛은 간장 같은데 냄새는 좋은네예"
사과주스 병의 묵은 간장을 찾아준 오 시인

나에 대한 혐오스러운 소문을 듣고
나쁜 소문이 아닌 오히려 좋은 소문이라
확인해주었으면 하는 생각이 들었던 날

이름

경자가 죽었다네, 왜 죽었어? 목을 매달고 죽었대, 아고 무서워라 왜 목을 매, 충격이다. 별 일이다. 무슨 별 일, 최진실이도 목매달아 죽었잖아, 최진실이야 나랑 모르는 사람이니까 그렇지만 경자는 내가 얼굴을 알잖어 알면 상상이 되어서 무서워, 그런데 왜 그랬대? 글쎄 아들이 사업이 실패하면서 깜방에 들어가 있는데 이번 재판에서 못 나오고 더 살게 되어서 우울증이 심해졌다네,

경자는 싱겁게 생긴 꺽다리 신랑과 동네 입구에서 생선가게를 했었다 경자는 기울어진 도마 위에 생선대가리 툭툭 쳐 비닐봉투 손에 끼고 도마 위를 쑥 훑어 생선을 야무지게 담았다 그리고 비닐 봉투 입구 빙그르르 돌려 빠르게 묶었다 난 젊디젊은 경자의 손놀림이 신기하기만 했다, 경자 그의 이름은 경자였다

하지만 아들 때문에 우울증에 걸렸단 말에 한 번도 불러보지 않았던, 전혀 기억에도 없었던 경자 아들 이름이 툭, 튀어나오는 것이었다 뭐? 상훈이 엄마가 죽었다고?

레즈비언

꽃이 꽃만 바라보고
나무가 나무에만 기대이며
벌이 벌을 따라가는 것
무엇이 문제인가

꽃이 꽃만 좋고
나무가 나무만 좋고
벌이 벌만 좋은 것
왜 안 되는가

나비야, 꽃아
제 이름만 부른들
다 우리의 이름인 것을

꽃이 꽃만 볼 수 있으며
벌이 벌만 보며
나비가 나비만 보이는
눈을 가졌을 뿐인 걸

세상에 많은 것을 잉태하지 못한들

더 이상 꽃 피우지 않으면 어떠랴

서로 허리를 안으며
서로 어깨를 어루만지는 두 여인

5호선 마지막 열차는
종점을 향해 가고 있다

우리 모두 광장을 나가고

휴일의 내 집은 커튼이 내려져 있고
우리 모두 광장을 나가고
호떡을 굽던 천막도 붕어빵을 뒤집던
천막도 모두 광장으로 나가고
붉은 토마토도 붉은 사과도
붉은 소쿠리에서 말라가고
우리 모두 광장으로 몰려가고
원망 없이도 눈 뜨고 죽은 생선들도
광장을 나간 사람들을 기다리고
이불집 쇼윈도에 쌓인 이불과
침대 시트는 세탁기로 다시 들어가야 하고
우리 모두 광장을 나가고
제 몸을 태우는 촛불과 미친 듯이 흔들어대는
태극기가 광장에서 마주치다 돌아오고
집의 커튼을 걷어놓고 다시 광장을 나가고
타이어 고무다리 사내가 바닥을 기면서
나에 죄를 위하여 보배 피를 흘리사
회개하는 마음으로 주께 갑니다
찬송가에 몸을 끌며 빈 사장을 돌고
우리 모두 광장을 나가고

만오천에 두 마리 옛날치킨집 앞
줄들도 모두 광장에 나가고
길동 복조리시장은 더 이상 시장도 아니고
모두 광장에만 있고

착시

컴퓨터 바탕화면에 맛있는
국수 사진을 올렸다

모니터 위로
날파리 날아다닌다
국수그릇 안으로 들어간다

국숫물에 빠질까봐
얼른 잡아 죽였다

과속

좌회전하는 승용차와 직진하는
오토바이가 충돌했다
신호보다 먼저 가는 성급함

나의 계절은 너무 빨리 익어버렸다
따기도 전에 낙하하여
짓무른 과육을 만지고 있다

매번
나의 사랑이라는 것은 그랬다

물든 손 언제 깨끗해질까

자정의 남자

지하철 승강장에서 고개를 파묻고 있는 그대여
이제 그만 일어나요
방화행 지하철은 끊긴 지 오래입니다
그대 누가 기다리든 말든
그대 갈 곳이 있든 없든 그냥 일어나요
아직 멈추지 않은 에스컬레이터를 타고 지상으로 올라가요

눈 마주치지 않고 아빠라 불러주었던 아들과
씻지 않아도 가슴 안아주었던 아내가
이제 기억에만 있을지라도
그대 신고 있는 빨간 운동화
들어갈 수 있는 현관이 없더라도

이제 일어나 같이 올라가요
모두가 그대를 떠났어도
그대가 아직 그대를 떠나지 않았으므로
지상의 그대가 그대를 기다리니까요
어서요

명찰

나이트클럽 한국관에 가면 신성일이 있다
검정 양복의 마른 남자 신성일이 있다
편의점에서 나오는 신성일이
담배 몇 갑을 들고 뛰어가고 있다

다리에 바지가 휘휘 감기는 신성일
비틀어진 명찰의 신성일
그는 늘 신성일
집에서도 신성일
한국관에서는 진짜 진짜 신성일

내가 영화배우의 표정을 흉내내보고
내 모습도 배우 같을 것이라 해도
동조해줄 것 같은 신성일

더 빨리 신성일로 가는 신성일

화이트 크리스마스

크리피스 치킨집 주방에서
튀김옷을 털고 있는 여인
달아오른 뺨 위로 튀김가루 날린다
눈이 폴폴 온다

십 년 전 크리스마스 이브 날
이부자리가 없어
은박지 돗자리를 깔고 잤던
역삼동 원룸 침대
밤새 미끄러워 잠들지 못하였다
등 어딘가에 상처가 날 것 같았다

몸 어디쯤에 상처내는 것이
마음의 상처보다 낫다 하여
침대에서 내려오지 않았다

생애 처음의 일은
슬프지도 비참하지도 않아

풀풀 날리는 가루 사이

크리피스 치킨집 여인아,
눈이 없는 화이트 크리스마스

화이트 크리스마스!

소유

그래
소유라는 말 좋지요
소유 든든하지요 갑자기
뭐해? 물어보는 소유 좋지요
다 먹은 캔맥주 버리듯 손으로
구겨버리는 소유 좋지요
당장 버릴 수 있는 소유 좋지요

구걸하지 않아도 되는 소유
그대도 좋지요
내가 확, 돌아설 수 있는 소유 좋지요

이기적 상담

K 시인에게 전화가 왔다 연애상담을 하겠다는 것인데
두 번 만난 선배 생각이 떠나질 않는다는데
한 사람에게 정신이 매달려 있다는 것인데

나는 사랑이 찾아온 것을 축하한다 말을 해주면서
아무것도 담고 있지도, 달고 있지 않은 내
가벼운 일상과 영혼의 평안함이 괜찮구나 생각했는데

K 시인은 사랑에 빠진 선배의 표정과 말투와
유독 마음에 든다는 몸짓까지 설명을 해주는 것인데

갑자기 C의 환한 표정과 걸음걸이와 특유 악센트가 떠올랐다
나는 C 생각을 꾹꾹 담으며 K 시인의 말을 계속 들어주었다

이기적인 오후였다

사랑에게 유서를

나는 사람 때문에 삶을 바꾼 적이 있다
사람 때문에 분노와 서러움과 원망을 배웠다
사람 때문에 희망과 용기와 힘을 얻었고
사람 때문에 멀리 다니는 기차를 타기도 하였다
가까운 거리를 멀리 다니기도 하였다

사람 때문에 울었다 웃었다

사람아, 사람들아, 나는 이렇게 막을 내린다
사람이 곧 사랑이지만
사랑을 등지고 나는 간다

사랑을 등지고 가는 노래

우대식/ 시인

시집을 받으면 자서 혹은 시인의 말을 유심히 보는 편이다. 시인이 스스로 인식했든 혹 인식하지 못했든 간에 그 안에서 시집 전체를 규율할 수 있는 시적 정서나 태도를 살필 수 있기 때문이다. 이번 시집 자서에서도 서양숙 시인의 시적 태도를 살필 수 있었다. 바람과 흔들림이라는 원형적인 이미지는 사실 이 시집 전체에 하나의 배경으로 스며 있다.

"나는 어떠한 바람에도 자주 흔들렸다./ 흔들리고 있다."

이 고백적 진술은 진실에 가까운 자기 성찰의 성격을 띠고 있다. 과거와 현재를 아우르는 삶의 기제로서 바람은 시인을 끝없이 흔들어 정주할 수 없는 존재로 만든다. 물론 이 흔들림은 현실의 문제를 포함하지만 본질적으로는 정신의 문제에 그 끈이 닿아 있음은 말할 필요가 없다. 그러나 이 바람과 흔들림은 부정적 의미로서가 아니라 생의 역동성과 깊은 관련을 맺고 있다.

"구멍이 생긴 삶들이 어디 한둘인가/ 그 구멍 사이로 들이닥친 바람을 막고 다시/ 들어서고 바람으로 구멍이 막히고/ 바람이 다시 구멍을 열고 그러는 거지"(「구멍에 대한 변명」 부분).

영원한 윤회 같은 바람의 행방은 어쩌면 시인 자신의 행방과 거의 일치한다. 바람이 구멍을 막고 바람이 구멍을 여는 혼돈에 가까운 바람의 행로는 사실 리얼한 우리의 현실은 아닌가 다시 한번 생각하게 한다. 혼돈에서 빚어진 인간의 형상이 태초의 그곳을 지향한다는 것은 자연스러운 일이라는 생각이 든다. 바람의 흔들림에 몸을 맡기고 흘러가보는 것이 이 시집을 읽는 하나의 방법이라는 생각도 든다.

서양숙 시인의 시편들은 횡설수설의 언어를 과감히 집어던지고 단번에 본래에 진입하고자 하는 특성을 지니고 있다. 대체적으로 시가 짧은 이유도 여기에 있다. 그런 의미로 전통적 장르 개념으로서 시에 근접해 있다. 굳이 지금의 시적 경향에 대한 비판을 소리 높여할 필요도 없을 터이지만 분명한 것은 지나치게 길다는 것이다. 단지 길다는 형식이 문제가 아니라 형식과 내용의 필연성이 잘 감지되지 않는다는 것이다. 서양숙의 시는 그것으로부터 빗겨 있으면서 단세포의 단순함을 넘어 섬유질의 복합성을 지니고 있다. 그것은 시인의 사유의 폭과 형상화의 조합이 시의 성패를 가늠한다는 것을 뜻한다. 서양숙의 빛나는 짧은 시편들도 여기서 예외는 아니다.

새 날개 끝에
허공의 경계가 있다
날개 속 발가락에
대지의 경계가 있다

나에게 끝이고
시작이었던
시작이고 끝이었던
내 일생이
그의 속에 있다

새털에 묻어 있는 구름이
긴 글을 남기고 있다

굳이 오려하지 말라고
나 가려하지도 않겠다고

—「경계」 전문

어쩌면 이 시는 시인이 지향하는 삶을 압축적으로 제시해놓은 것인지도 모른다. 허공과 대지의 경계란 삶과 죽음의 경계를 방불케 한다. 한 존재가 위태로운 경계에 서서 그 경계를 감각한다는 것은 투철한 자기 인식의 결과이다. 시작과 끝이 모두 "그"에게 있다는 종교적 고백은 이 시를 한참 되돌아보게 한다. 절대적인 존재자로서 "그"는 시적화자의 시작과 끝의 기원이기는 하지만 종교적 절대자와는 사뭇 다르다. 오도 가도 않는 경계의 삶 속에서 시적화자는 "새털에 묻어 있는 구름이/ 긴 글을 남기고" 있듯이 시를 쓰는 행위를 하고 있다. 굳이 가지도 오지도 않겠다는 결의는 경계 위의 삶을 지향하겠다는 자기 염결의 한 반증이다. "그"란 추상의 실체로서 시쓰기 행위를 의미하는 것인지도 모른다. 그것은 서양숙의 시가 연애의 형식을 취하며 지속적으로 호명하는 당신 혹은 그가 단순한 인명의 의미를 넘어서 있고 또한 그 지향은 초월적 속성으로 번지고 있기 때문이다. 대상에 대한 초월적 성격을 운운하는 이유는 서양숙의 시가 이별의 영원성을 이야기하는 까닭이다.

서양숙의 시에서 이별은 단순히 만나지 못하는 상태가 아니라 경계의 긴장을 유지하는 데서 비롯된 인식의 결과물이다. 따라서 나와 대상은 늘 서로의 언저리를 배회하지만 궁극적으로 만나지는 않는다. 어떤 간격이야말로 서로의 존재성을 그대로 유지하는 전제가 된다. "사실 불안의 날들이었다/ 멀리 날아오르는 외기러기"(「외기러기」 부분)와 같은 고백은 이별을 인내하는 한 초상을 보여준다. 불안의 날들 속에서 고독을 인내하고 홀로 날아오르는 외기러기에서 자신의 초상을 발견한다는 것은 실존적인 면모을 내포하고 있다. 일상적인 행복, 즐거움과는 먼 거리에 스스로를 위치시킨다는 짐에서 그 예술적 지향을 추측케 해준다. 결핍을 통한 시적 지향은 서양숙의 시쓰기의 한 축이 된다.

여기는 단풍잎이 아직
물들지 않았습니다
당신 집 베란다의 꽃은
지고 있는지요

한 번의 이별에
수백 번의
가을이 오고 갑니다

—「안부」 전문

이 시는 이별의 슬픔을 말하는 것이 아니다. 그리움의 기운이 묻어 있기는 하지만 오히려 이별에 대한 찬사 혹은 헌사에 가깝다. 안부를 묻는 행위에는 의미상 어떠한 방점도 찍혀 있지 않다. 이 시의 백미는 한번의 이별에 수백 번의 가을이 오고갔다는 것이다. 그것은 과거이지만 기실 미래에도 마찬가지일 것이다. 결국 이별은 영원에 그 끈이 닿아 있다. 일상을 살아가다가 문득 영원히 만날 수 없는 대상에게 안부를 전하고 이별의 속성을 생각하는 일은 거의 시적 인식과 그 맥락을 같이 한다. 시란 현현한 존재를 대상으로 하기도 하지만 이렇듯 여기 너머의 실재에 관한 그리움으로 몸부림치는 일이기도 하다.

앞에 말했듯 "그" 혹은 "당신"이 시인이 추구하는 세계를 의미한다고 여기게 되는 지점이다. 지나간 수백 번의 가을과 앞으로 올 수백 번의 가을을 이별의 상태에서 견뎌야 하는 운명은 서양숙의 시를 더욱 쓸쓸한 지경으로 몰고갈 것이다. "올 수 있는데/ 오지 못하는 너"(「버스정류장에 앉아 있다」 부분)를 기다리는 상황에서도 이별의 영원성을 다시 확인된다.

이러한 이면에는 일상적 관계에 대한 불신이 놓여 있다. "어디 축하의 마음만 있겠느냐/ 감아놓은 반대방향으로 푼다"(「환희를 벗기다」 부분)와 같은 시에서 살필 수 있듯이 일상의 관계란 표면과 이면이 정반대의 경우가 허다하다. 감아놓은 포장지를 반대방향으로 푸는 행위는 관계의 이면에 대해 생각한다는 뜻이다. 「사라진 입술」에서 하루 종일 말 한마디 하지 않고 보내는 장면도 일상에서의 관계의 단절을 보여주고 있다. 시적화자가 끊임없이 대상에 대해 간격을 유지하고 영원에 대한 지향을 보이는 것은 바로 이 때문이다.

나는 사람 때문에 삶을 바꾼 적이 있다
사람 때문에 분노와 서러움과 원망을 배웠다
사람 때문에 희망과 용기와 힘을 얻었고
사람 때문에 멀리 다니는 기차를 타기도 하였다

가까운 거리를 멀리 다니기도 하였다

사람 때문에 울었다 웃었다

사람아, 사람들아, 나는 이렇게 막을 내린다
사람이 곧 사랑이지만
사랑을 등지고 나는 간다

—「사랑에게 유서를」 전문

사람과 사랑을 등치等値의 관계로 환원한다는 것은 그 무엇보다 아름다운 일일 터이지만 이것만큼 어려운 일도 없다. 사람에 대한 종교적 신념 혹은 핏줄과 같은 원초적 개념의 개입 없이는 사람과 사랑의 관계란 흙으로 빚은 항아리같이 나약한 것이다. 오히려 만지면 만질수록 깨질 확률이 높아진다. 사람 때문에 모든 가치가 변하고 삶의 행로가 변하는 것이 일상의 삶이라는 것은 너무도 당연한 지적이다. 그것이 긍정적이든 부정적이든 그 모든 것을 통틀어 삶이라 칭하며 살아가는 가는 것이 일상인 것이다.

"사람이 사랑이지만/ 사랑을 등지고 나는 간다"는 고백은 비장함을 품고 있다. 그것은 일상으로부터의 이탈과 고독으로의 자처를 의미하기 때문이다. 사람과 사랑을 "등지고" 가는 길이란 스스로를 끊임없이 들여다보아야 한다는 점에서 자기 상처의 확인이며 스스로에 대한 연민의 길이기도 하다. 그러한 면에서 '사랑에게 유서를 쓴다'는 발상은 끔직한 자기 확인이며 일상 너머 자기만의 길을 가겠다는 결의라고 할 수 있다. 서양숙의 시에서 사랑이란 순간 발화의 속성을 지닌 가연성 높은 물성을 지녔으며 폐허와 달콤함의 양면성을 동시에 지니고 있다.

남자가 물고 있는 담배에
라이터를 켜자
여자의 얼굴에
남자의 얼굴에
철쭉꽃 환하게
확, 당겨진다

순간, 철쭉이 진다
벌겋게 진다
그들도 지고 있다

—「꽃이, 순간」 부분

라이터를 켜는 순간 붉어진 두 사람의 얼굴에 핀 철쭉이 시적화자가 인식한 사랑의 절정이다. 그리고 불이 꺼지는 사이 철쭉이 지듯 두 사람의 얼굴도 원래로 돌아온다. 꽃이 지듯 사랑이 진 것이다. 이 순간의 사랑이 깊은 허무를 동반한다는 사실을 너무도 잘 알고 있다. 그럼에도 불구하고 사람과 사랑을 향한 애증이 모두 사라진 것은 아니다. 등지고 가던 사랑과 사람을 다시 그리워하며 사랑을 기다린다.

지금,
다시 사랑을 그리워한다
속,
없,
이
폐허의 가슴에 초코슈 함께 먹으려고

—「초코슈」 부분

"속, / 없, / 이"라는 표현은 시적화자의 쑥스러운 내면일 터이다. 집을 떠나지만 늘 집을 향하는 형국이 결국은 사랑일 수도 있다. 시적화자에게 가장 적절한 사랑의 표현은 "폐허의 가슴에 초코슈 함께 먹으려고" 사랑을 그리워한다는 부분이다. 폐허와 달콤함이 공존하는 실재가 사랑인 까닭이다. 이 이중성은 삶의 본질과 같은 것이다. "죽고 싶다 말하지만/ 더 살고 싶은 숨은 욕망들"(「장마」 부분)처럼 지긋지긋한 사랑을 다시 그리워해야 하는 반복적 운명은 인식적 측면에서 매우 가혹한 것이다. 특히 윤리적 자아에게 참을 수 없는 부끄러움을 동반케 하며 또다시 스스로 먼 곳으로 위리안치를 시키는 것이다.

섬과 섬
깊이 박힌 당신의 흔적
또렷이 생각나는 기억의 섬들

건널 수 없듯 하나가 될 수 없어

한 섬이 하나의 섬에게 말을 건다
하나의 섬이 섬을 밀어내고 있다
몇 날의 적막함이
섬 사이에 간격을 더한다

나는 떠밀려온 섬

—「섬」 부분

다른 섬에게 밀려나 몇 날 묵언의 섬으로 떠돌며 더 멀어진 섬이 되어 스스로를 들여다보는 섬으로 형상된 자아는 쓸쓸하기 짝이 없다. 스스로 "나는 떠밀려온 섬"이라고 고백할 때 섬과 섬 사이의 간격은 영원히 좁혀질 수 없을 뿐더러 점점 더 멀어져 끝내 만날 수 없는 지경에 이르게 될 것이라는 사실을 어렵지 않게 추론할 수 있다. 끝내 하나가 될 수 없지만 "깊이 박힌 당신의 흔적"이야말로 시적 화자를 추동하는 내면의 이유이라 할 수 있다. 만날 수 없는 대상, 더욱이 점점 멀어져갈 수밖에 없는 대상에 대한 흔적과 그 기억으로 견디어내는 고독이란 또다시 말하지만 일상이나 현실의 문제가 아니라 내면적이고 초월적인 문제에 해당한다. 이 과정에 대한 사유와 골몰이 서양숙 시인에게 자연스럽게 시의 문제로 전이되었음을 어렵지 않게 감지할 수 있다. 결국 "나는 떠밀려온 섬"이라고 인식

된 실존적 자아의 확인은 시의 문제로 남게 되는 것이다.

「방문객」에서 실존적 자아와 현실적 자아가 혼돈스럽게 뒤섞이며 거울과 나누는 대화는 시인의 자의식을 선명하게 보여준다. "—언제까지 남의 집으로 생각할 거야?"라고 스스로에게 묻는 표현은 시적화자가 왜 섬이 되어 떠돌 수밖에 없는지 어림짐작하게 해준다. 어쩌면 당신은 곧 나의 또 다른 형상이라 할 수 있다. 나와 당신의 관계는 나의 실재와 나의 부재의 또 다른 모습이라고 할 수 있다. 실재와 부재의 거리가 섬과 섬 사이의 거리이며 그리움의 깊이다. 그 사이의 애증이 시적화자의 갈등이며 시적 오브제가 되는 것이다.

이 시집 한 모서리에 어머니와 아버지에 대한 서사적 이야기가 자리잡고 있다. 원체험으로 어머니에 대한 인식은 그리움과 연민에 끈이 닿아 있다. 서양숙의 시에서 어머니와 관련된 시의 한 특성은 어머니와 시적화자를 동일화한다는 것이다. 동일화는 비의식의 과정이며, 그 동기는 대상이 갖고 있는 힘을 자기 것으로 하려는 특성을 보인다. 특히 동일화 가운데 공감empathy은 상대방의 입장이 되어 상대의 생각이나 감정이 내 것처럼 느껴지고 이해되는 정신 현상이다. 그 사람이 되지 않고도 마치 그 사람의 처지가 된 듯이 그가 느끼는 것을 똑같이 함께 느낄 수 있는 현상을 말하며, 일시적이고 한정적이지만 건강한 형태의 동일화로 알려져 있다.

이렇게 늙어버린 나를

낳으신 어머니
서서히 자식이 되어가는
오늘이 제 생일입니다

고기 대신 무채 썰어 넣은
멀건 미역국을 끓여주시던 어머니
오늘은
어머니보다 더 맛있게 끓이겠습니다

—「미역국」 전문

어머니에 대한 시적화자의 사유는 회고적이면서 현재적이다. "이렇게 늙어버린 나를/ 낳으신 어머니"에서는 어머니에 대한 연민과 자신에 대한 연민이 겹쳐져 있다. 과거와 현재가 교차되면서 일어나는 어머니에 대한 동일화는 그리움과 안타까움의 정서를 기반으로 하고 있다. 가난했던 어린 시절 생일날의 미역국을 통해 떠올린다. 사실 미각이라는 감각은 어떤 감각보다 구체적이고 오랫동안 기억된다. 또한 어떤 사실이나 상황과 결합되어 기억 혹은 추억을 강화하는 역할을 한다. 가난했던 어린 시절 생일날 먹었던 미역국은 나와 어머니 그리고 가난했던 날에 대한 무한한 그리움을 불러일으킴과 동시에 어머니에 대한 정을 증폭시키며 어머니와 나를 동일시하게 된다. 뇌경색으로 인해 중심을 놓치고 흔들리는 어머니(「중심」)에 대한 안타까운 시각이나 어머니의 임종 즈음에도 밥을 먹을 수

밖에 없는 자신에 대한 혐오(「밥」)도 사실은 같은 맥락에서 발생한다. 어머니의 죽음은 동일시에 대한 현재적 파경으로 보이지만 궁극적으로는 영원이라는 기억의 회로가 생성하게 되는 것이다.

반면 아버지에 대한 기억은 사뭇 다르다. 그 이면에는 고유한 가정사가 자리하고 있을 터이지만 애증의 정서가 오롯하게 자리잡고 있다. "몸이 아픈 날은 꼭 당신의 꿈을 꾸지요/ 쇠사슬에 묶여 감금되어 있는 꿈을 꾸곤 하지요"(「아버지」 부분)라고 형상화 했을 때 피상적으로는 권위적 가부장의 모습을 연상하기 쉬울 것이나 "아버지도 아버지를 거부하고 싶었겠지요"(「아버지」 부분)라는 진술을 보면 연민의 빛깔을 띠고 있다. 아버지의 꿈을 꾼 날 하루 종일 술을 마시고 술에 취해 이름을 부르는 행위에서 애증의 핍진함을 느낄 수 있다. "당신이 있으면 더 무서울 것 같은 빈집"(「아버지」 부분)이라는 진술은 말할 수 없는 슬픔을 동반하고 있다. 혈육에 대한 원초적인 애증의 형상화는 시적화자로 하여금 공감과 애증이라는 심리적 기제로 작동하며 현재 자신의 삶을 반추하는 기능을 하고 있다. "세상에 비겁하지 않는 것이 어디 있을까"(「응시」 부분)라는 성찰적 고백은 이러한 양가의 감정을 고스란히 보여주는 것이다.

앞서 살펴보았듯 서양숙의 시는 대체적으로 짧은 형식을 하고 있지만 섬유질의 복합성을 가지고 있다. '당신'이라고 하는 존재자는 시인으로 하여금 세계를 객관적으로 인식하게 하는 역할을 하며 시쓰기를 추동하는 역할을 하고 있다. 정서적으로 불안과 고독이라는 비극적 세계 인식이 주를 이루며 세계와 일정한 간격의 거리를 유지한 상태로 내면의 상처를 보여주고 있다. 사랑은 그에게 찬란한 순간이며 사람은 애증의 관계로 얽혀 있다.

서양숙의 시를 읽으며 한 사람의 생애란 누구에게나 내면의 피로 물드는 과정은 아닌가 생각해보았다. 한 가지 바람이 있다면 집요한 사유의 응어리를 더러 파열시켰으면 하는 것이다. 그러고 나면 좀 더 자유로운 지경의 시가 잉태될지도 모른다는 어리석은 생각을 하게 된다.

시인은 끊임없이 갇히고 다시 열어젖히는 존재다. "추위가 걷고 있다 추워서 걷고 있다 우리의 거리는 춥고 짧다"(「겨울나그네」)와 같은 시를 읽다보면 이가 시리도록 춥다. 빙하의 세계 넘어 어떤 세계가 있을 것이다. 우리는 아무도 모른다. 서양숙의 시가 얼음의 세계를 파열시켜 더 단단한 얼음의 세계 혹은 춥지도 덥지도 않은 세계에 도달하기를 바란다. 시는 현실과 비현실의 세계를 서성인다. 그 기미를 보이는 한 편의 시를 읽는 것으로 나머지 이야기를 대신한다.

컴퓨터 바탕화면에 맛있는
국수 사진을 올렸다

모니터 위로
날파리 날아다닌다

국수그릇 안으로 들어간다

국숫물에 빠질까봐
얼른 잡아 죽였다

—「착시」 전문

현대시세계 시인선 **103**

혼수를 뜯다

지은이_ 서양숙
펴낸이_ 조현석
기 획_ 백인덕, 고영, 박후기
펴낸곳_ 북인
디자인_ 푸른영토

1판 1쇄_ 2019년 09월 20일
출판등록번호_ 313 - 2004 - 000111
주소_ 121 - 842 서울 마포구 서교동 467 - 4, 301호
전화_ 02 - 323 - 7767
팩스_ 02 - 323 - 7845

ISBN 979-11-87413-57-8 03810

이 도서의 국립중앙도서관 출판예정도서목록(CIP)은 서지정보유통지원시스템 홈페이지(http://seoji.nl.go.kr)와 국가자료종합목록시스템(http://www.nl.go.kr/kolisnet)에서 이용하실 수 있습니다. (CIP제어번호 : CIP2019035022)

책값은 뒤표지에 있습니다.
저자와 협의 아래 인지를 생략합니다.